Einen bisher kaum bekannten Novalis gibt es in seinen Liebesgedichten zu entdecken. Durch die Liebe »erfuhr ich die Welt erst«, bekennt er, »fand mich selber und ward, was man als Liebender wird«. Diesen Weg zu sich selbst enthüllt seine Lyrik von den ersten Anfängen an. Nur haben diese Anfänge im Schatten der großen, von religiöser Leidenschaft getragenen späteren Gedichte gestanden. Begonnen hat Novalis jedoch als ein Rokoko-Dichter voller Esprit, formenreich, verspielt, ja leichtsinnig und mit oft frivoler erotischer Metaphorik. Eine breite Palette literarischer Tradition von der Anakreontik, den Versen Klopstocks und Höltys bis zu denen Schillers hat ihr Farben geliehen. Dagegen hebt sich dann zwar um so gewichtiger und ernsthafter die Liebeslyrik seiner letzten Lebensjahre ab, in der sich Todeserfahrung mit philosophischer Erkenntnis und religiöser Offenbarung in poetischer Einzigartigkeit verbindet. Aber erst das Ganze macht den wahren Novalis aus, läßt im späten Werk die Leichtigkeit des Anfangs erkennen und in den Versen der Frühzeit bereits den Eros des reifen Dichters aufscheinen.

insel taschenbuch 2874

Novalis

Liebesgedichte

Novalis
Liebesgedichte

Ausgewählt von
Gerhard Schulz

Insel Verlag

insel taschenbuch 2874
Originalausgabe
Erste Auflage 2003

Hinweise zu dieser Ausgabe am Schluß des Bandes
Vertrieb durch den Suhrkamp Taschenbuch Verlag
Umschlag: Michael Hagemann
Satz: Hümmer GmbH, Waldbüttelbrunn
Druck: Memminger MedienCentrum AG
Printed in Germany
ISBN 3-458-34574-4

1 2 3 4 5 6 – 08 07 06 05 04 03

Liebesgedichte

[Lied des Orpheus]

1.

Sie lebte in sicherer Ruhe
Eurydice die schönste der sterblichen Mädchen
Ihr Geist war sanft wie der Zephyr
Der über Blumengefilde haucht.

2.

Wir lebten in Friede
Da kam der verderbende Tod
Ihren Busen stach die giftige Natter
Sie starb im ruhigen Schlummer.

3.

Nun sieht sie den Orkus und lebt in Elysium
In seliger Ruhe, in ewigem Frieden
Ewiger Mai lächelt auf ihren Wangen;
Die Unterwelt nahm sie mit Neide mir weg.

4.

Ich verzweifelte, da kam im Traume
Venus mit tröstender Stimme
Hoffnung blühte mir auf
Hoffnung sie wiederzusehn.

5.

Vögel klaget mit mir,
Luna, gütige Göttin
Und du alternder Hain
Eurydicen entriß mir der Tod.

6.

Aber ich soll sie wiedersehn
O freut euch, o hüpfet ihr Wellen
Die sie so oft trank
Den gütigen Göttern opferte.

7.

Ich soll sie im Orkus holen
Die Gattin, Eurydicen, die Tote,
Ich Sterblicher soll sie aus dem Orkus holen
Mit Gesang aus dem unzugänglichen Orkus.

8.

O freut euch ihr Haine!
Ihr Felsen!
Ich sehe sie wieder
Mit Wonne im Arme sie wieder.

Erato

Kleine Muse niedlicher Stimme singe
Lieder mir doch süßer Empfindung fruchtbar
Stimme deine silberne Laute zu den
  Liedern der Liebe.

Hüpfe auf den blumigen Auen suche
Süßen Honig ähnlich der kleinen Biene
Welche mit den schwirrenden Flügeln auf den
  Blümchen herumirrt.

Denn bis jetzo hat mir gelächelt Klio
Und es tönte höher die Leier nur zum
Lobgesang der Helden und selgen Götter
  Donnernder Stärke.

Die Liebe [1]

1

Wenn sanft von Rosenhügeln
Der Tag nach Westen schleicht,
Der Nacht mit Schlummerflügeln
Und Sternenchor entweicht,

2

Will ich die Liebe singen
Auf der Theorbe hier,
Mein Lockenhaar umschlingen
Mit süßen Myrten ihr.

3

Es soll dann wiedertönen
In dieser Grotte Nacht
Das Loblied meiner Schönen,
Wenn nur die Quelle wacht.

4

Und wenn vom Morgensterne
Mir Wonne niederblinkt,
Und sich die heitre Ferne
Mit Rosenkranz umschlingt,

5

Tön ich in kühlen Klüften
Auch meiner Liebe Lied
Umtanzt von Blumendüften,
Wenn aller Schlummer flieht.

6

Und rund um mich erwachet
Der Nachtigallen Chor
Und jede Aue lachet
Und jeder Hirt ist Ohr.

7

Nein Süßers als die Liebe
Empfand kein Sterblicher,
Was hie bevor war trübe,
Wird durch sie lieblicher.

Die Liebe [2]

Ich träumt als Knabe schon von Liebe
Noch eh mein Herz sie selbst empfand;
Die seligen, die unschuldsvollen Triebe
Mir gänzlich waren unbekannt.

Ich fühlte schon mich hingezogen
Zu Mädchens, eh noch weicher Flaum
Die jugendliche Wange mir bezogen.
Ich fühlt es; als er sproßte kaum.

Und da ich sie empfand, da kamen
So selige Gefühle! nein!
Für sie kennt keine Sprache einen Namen,
Sie wollen nur empfunden sein.

Da tönt es Tag und Nacht im Haine
Mein frohes, liebevolles Lied
Beim sanften Mondes Silberscheine,
Wenn früh sich Licht und Dunkel schied.

Und Liebe war mein ganzes Leben
Und Liebe tönte mein Gesang.
Ich trank die Liebe in dem Saft der Reben
Mein heitrer Blick war liebekrank.

Und noch als Mann dien ich der Liebe,
Die glücklich mir mein Leben macht,

Als grauer Greis empfind ich gleiche Triebe
Dereinst, wenn gleich mein Auge Nacht.

Und Liebe soll mich auch begleiten
Ins kühlere und ruhige Grab
Und soll mich auch in jenes Leben leiten,
Denn da bricht ja mein Glück nicht ab.

Stimme der Liebe

Kaum entsproßte dem Kinn weicheres Jünglingshaar
Und kaum schaute das Auge kühn,
Nicht nach Pferden mehr hin, nicht nach dem
blanken Schwert,
Nein zum wallenden Busenrand,

Tönte mir in das Herz, saß ich im düstern Hain
Und am grünenden Quellchens Rand
Bei der Vögel Gesang oder bei Taubenscherz
Immer Liebe mit Flötenton.

Und mir tönte sie schön gleich als der Harfe Ton,
Wenn der liebliche Abendhauch
Sie durchweht; mich erfreut nun nicht mehr Flintenschall
Und nicht furchtbarer Waffenklang.

Des Schäfers Liebesbewerbung

Kleine Doris, sieh mich Armen,
Der dich liebt und trostlos ist,
Habe doch mit mir Erbarmen,
Wenn du anders gütig bist.

Denn seitdem ich dich gesehen,
Kann ich nicht mehr heiter sein,
Schlafen mag ich oder stehen,
Immer quält mich eine Pein.

Andre nennen sie die Liebe,
Ich weiß nicht wie er sich nennt,
Dieser mächtigste der Triebe,
Der mir keine Ruhe gönnt.

Immer wünsch ich dich zu sehen,
Bin sonst schwermutsvoll und krank,
In dem Haine hallt mein Flehen
Und wird ganz von selbst Gesang.

Aber kommst du, bin ich heiter,
Seligkeit durchschwebet mich,
Schöner blühen mir die Kräuter,
Alles wird mir schön durch dich.

Laß uns stets beisammen bleiben,
Tags und in der düstern Nacht,

Unsre Herden einig treiben
In den Stall, den ich gemacht,

Blumen suchen uns zu kränzen
Und uns küssen, wenns gefällt,
Öfters schwingen uns in Tänzen,
Wenn ein frohes Fest einfällt.

Ja, o Doris, hab Erbarmen
Und verschmähe doch mich nicht,
Sieh, es winkt zu treuen Armen
Dich auch doch kein schlechter Wicht.

Morgenlied

Aufgeweckt vom Laut der Flöte
Wallt die frohe Morgenröte
Hinter jenem Busch hervor,
Und am Rosenschleier fließet
Von der Nymphen Chor begrüßet
Phöbos reinster Glanz empor;

Alle Wälder, alle Fluren,
Alles, alles fühlt die Spuren
Einer süßen, milden Ruh,
Alles fühlet nun von neuen
Leben, Munterkeit, Gedeihen
Und von jeder Sorge Ruh.

Vögel singen Morgenlieder,
Jedes Blättchen säuselt nieder
Wonnelust und hohen Dank;
Alle Tiere seh ich minnen,
Drum Herzliebchen komm von hinnen
Mit zu jener Rasenbank.

Jener Schäfer auf dem Rasen
Mag uns Fröhlichen dann blasen
Hymens schönsten Chorgesang,
Lose Weste mögen hüpfen
Um uns her, in Blümchen schlüpfen
Und umduften unsre Bank.

Dann ins seufzende Gestöhne
Der beglückten Liebe töne,
Nymphchen, der das Ding behagt,
Mag uns Phöbos sehn und neiden
Unsre hohen Götterfreuden,
Die ihm Daphne einst versagt.

An Amor

Froher Knabe komme, welchem Jugend blühet
Ewig auf der Wange, welche purpurn glühet,
Der mit leichtem Fittich sanft auf Blumen schwebst
Und am liebsten in der Jugend Herzen lebst.

Komm in Lais Hütte fröhlich angeflogen,
Leb in ihrem Herzen, das dich oft betrogen
Jetzo mich an Ketten hart gefesselt hält,
Die dich Kleinen schmähet, nur sich selbst gefällt.

Die mit Jagd vertreibet und mit Tierehetzen
Mildere Gefühle, und sich nur ergötzen
Kann mit Blut und Pfeilen, heiße Küsse schmäht,
Fesselt viele, wie ein Schnitter Halme mäht.

Tag und Nacht verseufze ich an ihrer Schwelle,
Ungenützt und trübe läuft die Lebenswelle
Mich hast du verwundet, heile mich auch nun,
Höre doch mein Flehen, ach du kannst es tun!

Triff sie mit dem Pfeile, der von Honig süße,
Nicht von Galle bitter, daß sie auch genieße
Freuden froher Liebe und in meinem Arm
Lieg in Stürmenächten wonnevoll und warm.

Guter Amor höre doch mein emsig Flehen,
Schon als Knabe sahst du mich zum Tempel gehen,

Den ich dir geweihet in dem Myrtenhain,
Eine Laube war es, schatticht, duftend, klein.

Sterbliche und Götter müssen dir gehorchen,
Wenn du willst, erregst du ihnen Liebessorgen,
Hast ja selbst Dianen in dein Joch geschmiegt,
Wie sie sich an jenes Jünglings Brust gewiegt.

An Laurens Eichhörnchen

O Tierchen, das mit Munterkeit
Vor meines Mädchens Fenstern springet
Und dem sie selbst voll Sorgsamkeit
Im weißen Händchen Futter bringet,

Das Sprünge macht wie Pantalon,
Durch seine Späße sie vergnüget
Und seiner Drolligkeit zum Lohn
Von ihr geliebt im Schoße lieget,

Das an ihr hängt, den Busen nah,
Und ihre Rosenwangen lecket
Und das oft viele Reize sah,
Die meinem Späherblick verstecket.

Sonst bin ich wohl vom Neide frei,
Doch hier da muß ich dich beneiden,
Sie koset dich und liebt dich treu,
Bei mir verhöhnt sie meine Leiden.

O lächelte mir doch das Glück,
Ließ einen Tag mich in dich fahren,
Denn mich begnügte nicht ein Blick,
Sie würde Ledas Los erfahren.

Ich weiß nicht was

Ballade

Jüngst als Lisettchen im Fenster saß,
Da kam Herr Filidor
Und küßte sie,
Umschlang ihr weiches weißes Knie
Und sagt ihr was ins Ohr;
Ich weiß nicht was.

Dann gingen beide fort, er und sie
Und lagerten sich hier
Im hohen Gras
Und triebens frei mit Scherz und Spaß,
Er spielte viel mit ihr;
Ich weiß nicht wie.

Zum Spielen hatte er viel Genie,
Er triebs gar mancherlei,
Bald so bald so,
Da ward das gute Mädel froh,
Doch seufzte sie dabei,
Ich weiß nicht wie!

Das Ding behagt den Herren baß
Oft gings da capo an!
Doch hieß es drauf
Nach manchen, manchen Mondenlauf,
Er hab ihr was getan;
Ich weiß nicht was.

An Zelie

Kennst du nicht den Gott der Liebe,
Der die Sterblichen betrügt,
Dessen Winke alles Trübe
Oft auch alle Lust entfliegt,
Will ich ihn dir warnend zeigen,
Aber doch nur im Gedicht,
Laß dich nicht von ihm beschleichen,
Von dem kleinen Bösewicht.

Jetzo lacht er, schmeichelt, scherzet,
Zeigt von außen sich so süß,
Wenn man ihn als Kind geherzet,
Wird urplötzlich er ein Ries'.
Lange kann er sich verstellen,
Zeigt als Unschuld sich durch Kunst;
Lange trug ich seine Schellen,
Kenne seine Schmeichelgunst.

Unbesieglich werden seine
Reize in sehr kurzer Zeit,
Und bald lässet er uns keine
Hoffnung, da er Flucht verbeut
Durch die diamantnen Bande,
Die im Spiel er uns umschlang,
Wo er launenvoll sich wandte,
Folgen wir dann liebekrank.

An Jeanette

Nimm meine Bücher, meine kleinen Reime,
Mein Häuschen hin, und sei zufrieden wie ich bin,
Nimm meinen sanften Schlummer, meine Träume
So hold sie sind, auch hin.

Und wenn mir ja noch etwas übrig bliebe
Mein Becher, Kranz und Stab, so mag es deine sein;
Doch willst du mehr, mein Herz und meine Liebe?
Die sind schon lange dein.

An Lucie

Kleines Mädchen mit den blauen
Augen, die ins Herze mir
Wonne und Entzücken tauen,
Sieh, ich sing ein Liedchen dir.

Voller Liebe, voller Freude,
Die mir täglich holder wird,
Seit uns Amor alle beide
Mit den Flügelchen umschwirrt.

Doch am meisten, wenn ich sehe
Dein so schalkhaft Augenpaar
Und zu deinen Füßen flehe,
Sanft umweht vom goldnen Haar.

Und im kühlen Buchenhaine,
Wenn wir froh beisammen gehn
Und im Quell bei Mondesscheine
Nach den blassen Bildern sehn.

Und im Reihentanz uns drehen
Auf der weichen Blumenau
Und des Morgens, gleich den Rehen,
Schlüpfen durch den bunten Tau.

Nimm dies Liedchen hin und singe
Munter es bei dem Klavier,
Wenn mit Myrten ich umschlinge
Meine kleine Laute mir.

Widerspruch und Liebe

Wenn ich entfernt von meinem Liebchen bin,
So treibt mich an der Liebe rascher Sinn
Sie, kommt sie nur, zu küssen und zu kosen.
Doch kommt sie dann, die süße Zauberin,
Um ihre Stirn ein Kränzchen frischer Rosen,
So ist sogleich mein schöner Vorsatz hin;
Der Widerspruch der Liebe hält bescheiden
Mich blöden Schäfer dann von weiten.

Liebchen! mit dem schwarzen Haar

Liebchen! mit dem schwarzen Haar
Und mit blauem Augenpaar
Sei doch nicht so hart und spröde
Nicht so furchtsam oder blöde
Schaue mir ins Angesicht
Freudig und erröte nicht.

Die Quelle

Murmle stiller, Quellchen, durch den Hain,
Hold durchflochten von der Sonne Schimmer,
Singe deine süßen Lieder immer
Sanft umdämmert von den Frühlingsmai'n.

Philomele ruft Akkorde drein,
Leiser Liebe zärtliches Gewimmer,
Da, wo sich das zarte Ästchen krümmer
Neiget zu der Welle Silberschein.

Käme Molly doch hieher gegangen,
Wo Natur im Hirtenkleide schwebt,
Allgewaltig mir im Busen webt,
Reizvoll würde sie die auch umfangen,
Und vergessen ließ ein einzger Kuß
Uns vergangnen Kummer und Verdruß.

Badelied

Auf Freunde herunter das heiße Gewand
Und tauchet in kühlende Flut
Die Glieder, die matt von der Sonne gebrannt,
Und holet von neuen euch Mut.

Die Hitze erschlaffet, macht träge uns nur
Nicht munter und tätig und frisch,
Doch Leben gibt uns und der ganzen Natur
Die Quelle im kühlen Gebüsch.

Vielleicht daß sich hier auch ein Mädchen gekühlt
Mit rosichten Wangen und Mund
Am niedlichen Leibe dies Wellchen gespielt
Am Busen so weiß und so rund.

Und welches Entzücken, dies Wellchen bespült
Auch meine entkleidete Brust.
O! wahrlich wer diesen Gedanken nur fühlt
Hat süße entzückende Lust.

Das Bad

Hier badete Amor sich heute,
Der Unvorsichtge entschlief,
Da kamen die Nymphen voll Freude,
Und tauchten die Fackel ihm tief
Ins Quellchen, da mischten sich Wellen
Und Liebe; sie täuschten sich sehr,
Die Nymphen, sie tranken mit hellen
Gewässer die Liebe nun mehr.

O! Mädchen, die Liebe nicht scheuen,
Die trinken die liebliche Flut.
Die Liebe, die wird sie erfreuen
Mit sanfter entzückender Glut.
Ich hab mich hier oftmals gebadet
Mit meiner Laura allein,
Und nach dem Bade so ladet
Der Schlummer im Grase uns ein.

An die Linde

Holde, traute Linde,
Stets warst du mir gut,
Wenn beim Säuselwinde
Hier mein Körper ruht.

Wenn die Bienen summen
Und du duftend blühst,
Hummeln in dir brummen,
Du mich zu dir ziehst.

Oft sahst du mich heiter
Scherzen unter dir,
Aber heute, leider!
Bin ich traurig hier.

Du scheinst selbst zu klagen,
Wenn der West durchweht,
Und scheinst mich zu fragen,
Was mir übel geht.

Ach, mein Mädchen kranket,
Mit ihr meine Ruh,
Scheinet, daß sie wanket
Ihrem Grabe zu.

Wenn sie sich erholet,
Komm ich sicherlich
Mit ihr hergetrollet
Und besuche dich.

Die Erlen

Wo hier aus den felsichten Grüften
Dies silberne Bächelchen rinnt,
Umflattert von scherzenden Lüften
Des Maies die Reize gewinnt,

Um welche mein Mädchen es liebet,
Das Mädchen so rosicht und froh,
Und oft mir ihr Herzchen hier gibet,
Wenn städtisches Wimmeln sie floh;

Da wachsen auch Erlen, sie schatten
Uns beide in seliger Ruh,
Wenn wir von der Hitze ermatten,
Und sehen uns Fröhlichen zu.

Aus ihren belaubeten Zweigen
Ertönet der Vögelgesang.
Wir sehen die Vögelchen steigen
Und flattern am Bache entlang.

O Erlen, o wachset und blühet
Mit unserer Liebe doch nur.
Ich wette, in kurzer Zeit siehet
Man euch als die Höchsten der Flur.

Und kommet ein anderes Pärchen,
Das herzlich sich liebet wie wir,
Ich und mein goldlockiges Klärchen,
So schatte ihm Ruhe auch hier.

Der Eislauf

Blühender Jüngling, dem noch Kraft im Beine,
Der nicht Kälte als deutscher Jüngling scheuet,
Komme mit zur blendenden Eisbahn, welche
Glatt wie ein Spiegel.

Schnalle die Flügel an vom Stahle, welche
Hermes jetzt dir geliehn, durchschneide fröhlich
Hand in Hand die schimmernde Bahn und singe
Muntere Lieder.

Aber, o Jüngling, hüte dich für Löchern,
Welche Nymphen sich brachen, nahe ihnen
Ja nicht schnell im Laufe, du findest sonst den
Tod im Vergnügen.

Wenn sich die schwarze Nacht herunter senket
Und das blinkende Kleid der Himmel anzieht,
Leuchtet uns der freundliche Mond zu unserm
Eiligen Laufe.

Der Rosenstock

Rosenstöckchen, wart ich will dich pflegen,
Schützen dich vor Hitze und vor Regen,
Welcher heftig aus Gewittern träuft,
Bleib in Liebchens Laube hier verborgen,
Sanft begießen will ich alle Morgen
Dich, bis du zur Blüte aufgereift.

Deine Rosen sollen dann bekränzen
Liebchen, und an ihrem Busen glänzen,
Dessen sanfte Röte dich beschämt,
Dann noch sollst du immer fröhlich grünen,
Saitenlob noch oft von mir verdienen,
Wenn der Zephyr Nord und Reif bezähmt.

Cythere

Die beste Muse ist Cythere,
Mein Weihrauch dampfet dir nicht mehr,
Erato, dir gebührt die Ehre
Der Dichterin nicht mehr.

Seitdem sie mir Louisen schickte,
Entschlüpft mein Reim so süß und leicht
Wie von der Rose, die ich pflückte,
Ein Schmetterling entfleucht.

Am Bache murmle ich nur Reime,
Mir lehrt sie Liebe und Natur,
Und wenn ich unter Myrten träume,
So träum ich Lieder nur.

Der Wettstreit

Jüngst stritt ich mit Lottchen um Nüsse,
Wer schneller die würzigen Küsse
Wohl gäbe; die Probe fing an:
Ich aber, ich zählete immer
Zu wenig, drum waren wir nimmer
Vereint, so daß keiner gewann.

Der Liebende

O! Liebe, du allmächtge Zauberin,
Bald wie Cythere schön, ihr gleich an Wollustreize,
Und selbst der Grazien Lehrerin,
Bald gleich an Grausamkeit dem schlummerlosen Geize,
Entflammst du nicht zur kühnsten Heldentat
Und zeigst du nicht gleich gütig nach Cythere
Den sanften, rosenfarbnen Pfad,
Als die getürmte Bahn zum Nachruhm und zur Ehre.

Du bists, durch die in niegestörter Ruh
Die Elemente sich begatten,
Der Weltbau steht und die Orions nie ermatten
In dem verworrnen Tanz; du winkst Erhaltung zu
Dem Sternenbau und unsrer fruchtbarn Erde;
Du sprichst im Lenz das Machtwort: Werde!
Und alles blüht und webt und gattet sich,
Sogar im Lüftchen fühlt man dich.

Kein Menschenherz vermag zu widerstreben,
Du schleichst in jegliches hinein,
Und will es sich nicht dir auf diese Art ergeben,
So muß es doch auf eine andre sein;
Dem Proteus gleich an mächtgen Zauberein
Verbirgst du dich in frommen Mädchenblicken,
In schlauen Witz und feine Schmeichelein
Und Tränen, welche oft den Kältesten bestricken.

Und ohne dich ist Dünstebildern gleich
Der Sterbliche, er lebt ein Pflanzenleben,
Und wär er auch an Gütern überreich,
Ein König gar, beherrscht' ein ganzes Reich,
Er könnte sich das wahre Glück nicht geben,
In dem die Sterblichen durch dich nur, Liebe, schweben.
Gefühlvoll sieht er die Natur im Schmucke nie,
Kalt ist und bleibt er wie Pygmalions Statue.

Charakter meiner künftgen Frau

Die welche einst mich fesseln soll
Auf meine Lebenszeit,
Die müsse sein Verstandes voll,
Voll Witz, der mich erfreut.

Und Herzensgüte habe sie,
Mildtätig sei sie, treu,
Doch froh und heiter auch so wie
Der Morgentraum im Mai.

Stets so geschmückt, wie die Natur
Und Grazie es lehrt,
Und nicht ein Püppchen, welches nur
Der Mode Grillen ehrt.

Auch schön sei sie, denn dieses macht
Stets einen Vorzug aus;
Die Kinder nehme sie in acht
Und sorge für das Haus.

Auch reich schad't nicht, denn allemal
Ists besser, braucht man nicht
Zu sorgen, hat ein mäßig Mahl
Mit nährendem Gericht.

Doch eine große Seltenheit
Ist eine solche Frau;
Doch sieh, mein Glück, das ist nicht weit;
Ich schilderte als Frau

Nur Lauren, die von mir geliebt
In jenem Städtchen ist
Und die mich Frohen wieder liebt,
Wie ihr dort, Bäume, wißt.

Ihr Herz und Kuß

Mir wirds so weit im Busen drin,
So offen, hehr und frei,
Nie wars so hell in meinem Sinn
Und meiner Phantasei;

Mir glüht die Wange und die Stirn,
Mir schmückt der Himmel sich,
Und süßer dünkt der Weste Girrn
In jenen Eichen mich;

Um mich tanzt Blumentrift und Flur,
Und jedes Hälmchen lacht,
Und seliger blüht die Natur
Mir in der Frühlingstracht.

Der Mond, der dort voll Freundlichkeit
Sich sonnt, so hell und klar,
Ist mir noch eins so lieber heut,
Als er mir sonst wohl war.

Ha! wie sich schnell mein Rosenblut
Durch alle Adern rafft;
Wie jede Fiber schwellt von Mut
Und niegefühlter Kraft.

Doch weißt du, Freund, woher, woher
Der Wonne Überfluß?
Sie gab mir heut von ohngefähr
Ihr Herz und einen Kuß.

Aus dem Französischen

Ruhm mag noch so glänzend sein,
Mich soll er nicht fangen,
Denn er gibt uns äußern Schein,
Keine Rosenwangen,
Die uns nur das Glücke gibt,
Wenn man liebt und wird geliebt.

Madrigal

Alles schlief, die Vögel und das Wild
Und die ganze Flur,
Alle Menschen, selbst Ismene schön und mild
Schlief, die Liebe wachte nur
Mir zum Schmerze durch ihr Bild.

An Werthers Grabe

Armer Jüngling, hast nun ausgelitten,
Hast vollendet dieses Lebens Traum,
Und dort oben in den Friedenshütten
Denkest du an Erdenleiden kaum,
Jetzo liebst du Lotten ungestöret,
Und im Himmelskusse fühlest du
Freuden, die nur reine Liebe lehret;
Nie ermattende, in ewger Ruh.

Vergiß mein nicht, wenn lockre kühle Erde

Vergiß mein nicht, wenn lockre kühle Erde
Dies Herz einst deckt, das zärtlich für dich schlug.
Denk, daß es dort vollkommner lieben werde,
Als da voll Schwachheit ichs vielleicht voll Fehler trug.

Dann soll mein freier Geist oft segnend dich umschweben
Und deinem Geiste Trost und süße Ahndung geben.
Denk, daß ichs sei, wenns sanft in deiner Seele spricht;
Vergiß mein nicht! Vergiß mein nicht!

Anfang

Es kann kein Rausch sein – oder ich wäre nicht
Für diesen Stern geboren – nur so von Ohngefähr
In dieser tollen Welt zu nah an
Seinen magnetischen Kreis gekommen.

Ein Rausch wär wirklich *sittlicher Grazie*
Vollendetes Bewußtsein? – Glauben an Menschheit wär
Nur Spielwerk einer frohen Stunde –?
Wäre dies Rausch, was ist dann das Leben?

Soll ich getrennt sein ewig? – ist Vorgefühl
Der künftigen Vereinigung, dessen, was
Wir hier für Unser schon erkannten,
Aber nicht ganz noch besitzen konnten –

Ist dies auch Rausch? so bliebe der Nüchternheit,
Der Wahrheit nur die Masse, der Ton, und das
Gefühl der Leere, des Verlustes
Und der vernichtigenden Entsagung.

Womit wird denn belohnt für die Anstrengung
Zu leben wider Willen, feind von sich selbst zu sein
Und tief sich in den Staub getreten
Lächelnd zu sehn – und Bestimmung meinen.

Was führt den Weisen denn durch des Lebens Tal,
Als Fackel zu dem höheren Sein hinauf –
    Soll er nur hier geduldig bauen,
  Nieder sich legen und ewig tot sein.

Du bist nicht Rausch – du Stimme des Genius,
Du Anschaun dessen, was uns unsterblich macht,
    Und du Bewußtsein jenes Wertes,
  Der nur erst einzeln allhier erkannt wird.

Einst wird die Menschheit sein, was Sophie mir
Jetzt ist – vollendet – sittliche Grazie –
    Dann wird ihr *höheres Bewußtsein*
  Nicht mehr verwechselt mit Dunst des Weines.

Am Sonnabend Abend

Bin ich noch der, der gestern Morgen
Dem Gott des Leichtsinns Hymnen sang
Und über allen Ernst und Sorgen
Der Freude leichte Geißel schwang –
Der, jeder Einladung entgegen,
Das Herz in beiden Händen, flog
Und wie ein junges Blut, verwegen
Auf jedes Abenteuer zog.

Der mit den Kinderschuhen lange
Der Liebe Kartenhaus verließ,
Und wie das Glück, in seinem Gange
An Reiche, wie an Karten, stieß,
Im Kampf der neuen Elemente
Im Geist schon Sieger sang: ça va,
Und schon die Schöpfung im Konvente
Und Gott, als Präsidenten, sah.

Der schlauer noch, als ein Berliner,
In Mädchen Jesuiten spürt,
Und Vater Adams Gattin kühner
Als wahren Stifter denunziert.
In dessen Stube längst vergessen
Das Bild des Aberglaubens hing
Und der zum Spott nur in die Messen
Von den Elftausend Jungfern ging.

Derselbe kanns nicht sein, der heute
Beklemmt weit auf die Weste knöpft
Und schweigend an der Morgenseite
So emsig Luft von dorther schöpft.
Den vierzehn Jahre so entzücken,
(Bald sind die sieben Wochen voll)
Und der in jeden Augenblicken
Was anders will, was anders soll.

Ist das der Mann, der Sieben Weisen
Im Umsehn in die Tasche steckt,
Den schon die kürzeste der Reisen
So wundersam im Schlafe weckt.
Und der noch kaum die stolzen Träume
Der Weisheit lahm fortschleichen sieht,
Als aus dem hoffnungsvollsten Keime
Für ihn ein Rosenstock schon blüht.

O! immer fort der Mann von gestern,
Was kümmert seine Flucht denn mich –
Die guten Stunden haben Schwestern,
Und Schwestern – die gesellen sich.
Damit sie immer sich erkennen
Und immer froh beisammen sein,
Will ich ein Wort zur Lösung nennen –
Sophie soll die Losung sein.

Zu Sophiens Geburtstag

Wer ein holdes Weib errungen
Stimme seinen Jubel ein.
Mir ist dieser Wurf gelungen
Töne Jubel – die ist mein.
So hat nie das Herz geschlagen
Nie so hoch und nie so gut.
Künftig neigt vor meinen Tagen
Selbst der Glücklichste den Hut.

Fest umschlingt den Bund der Herzen
Nun der Ring der Ewigkeit
Und es bricht der Stab der Schmerzen
Am Altar der Einigkeit.
O –! im Himmel ist geschlossen
Unsrer Herzen süßer Bund.
Ist ein beßrer Spruch entflossen
Je des Schicksals weisem Mund?

Dir gehört nun was ich habe,
Was ich denke, fühle, bin,
Und du nimmst nun jede Gabe
Meines Schicksals für dich hin.
Was ich sucht, hab ich gefunden,
Was ich fand, das fand auch mich,
Und die Geißel meiner Stunden
Zweifelsucht und Leichtsinn wich.

Nimmer soll mein Mund dich loben
Weil mein Herz zu warm dich ehrt.
Tief im Busen aufgehoben
Wohne heimlich mir dein Wert.
Wenn ich wunde Herzen heile
Jede Stunde besser bin
Nie im Guten lässig weile
Dieses Lob nimm dir dann hin.

Liebes Mädchen, deiner Liebe
Dank ich Achtung noch und Wert,
Wenn sich unsre Erdenliebe
Schon in Himmelslust verklärt.
Ohne dich wär ich noch lange
Rastlos auf und ab geschwankt,
Und auf meinem Lebensgange
Oft am Überdruß erkrankt.

Wenn nur unsre Mutter wieder
Frisch und ledig bei uns steht
Und im Kreise unsrer Brüder
Stolz die Friedensfahne weht.
Wenn dann noch ein Süßer Trauter
Unsre Lolly fest umschlang –
O –! Dann tönt noch zehnfach lauter
Unsres Jubels Hochgesang.

Wenig still durchhoffte Jahre
Leiten unverwandt zum Ziel,

Wo am glücklichen Altare
Endet unsrer Wünsche Spiel,
Uns, auf ewig Eins, verschwinden,
Wölkchen gleich, des Lebens Mühn
Und um unsre Herzen winden
Kränze sich von Immergrün.

Walzer

Hinunter die Pfade des Lebens gedreht
  Pausiert nicht, ich bitt euch so lang es noch geht
Drückt fester die Mädchen ans klopfende Herz
  Ihr wißt ja wie flüchtig ist Jugend und Scherz.

Laßt fern von uns Zanken und Eifersucht sein
  Und nimmer die Stunden mit Grillen entweihn
Dem Schutzgeist der Liebe nur gläubig vertraut
  Es findet noch jeder gewiß eine Braut.

Rosenblütchen, das gute Kind

Rosenblütchen, das gute Kind,
Ist geworden auf einmal blind,
Denkt, die Mutter sei Hyacinth,
Fällt ihm um den Hals geschwind;
Merkt sie aber das fremde Gesicht,
Denkt nur an, da erschrickt sie nicht,
Fährt, als merkte sie kein Wort,
Immer nur mit Küssen fort.

Aus: Die Lehrlinge zu Saïs

Das irdische Paradies

Wo die Geliebten sind, da schmückt sich bräutlich die Erde,
Aber den Frevler verzehrt schneller die himmlische Luft.

Erstes, geliebtes Pfand des ewigen, seligen Bundes

Erstes, geliebtes Pfand des ewigen, seligen Bundes,
Den ich knüpfte, als noch jugendlich klopfte
dies Herz,
Als es zuerst dem Gefühl unsterblicher Liebe sich
aufschloß
Und den Einzigen sah, einzig dem Einzigen ward.
Jahre voll Sorgen und Jahre voll Freuden entflogen
seitdem mir,
Aber noch klopft ihm mein Herz, eben so glühend
wie einst.
Nicht mehr blüht mir der Lenz des Lebens, er blüht mir
in euch jetzt,
Die mir der Himmel für ihn schenkte dem
zärtlichsten Wunsch.
O! wie himmlisch belohnt für manche Stunde des
Kummers
Hast du, Tochter, mich nicht, wenn du enthülltest
dein Herz,
Und des Vaters Seele in jeder Bewegung hindurchschien,
Jeder Zug ihm entsprach, jedes Gefühl ihn verriet.
O! dann ward es so wohl der überseligen Mutter;
Ewigen, innigen Dank sah sie zum Himmel hinauf.
O! für jegliche Stunde des Leidens, die du mit
mir teiltest,
Teilen mit mir noch wirst, wenn ich zärtlich und bang
Sitz und sorge, was noch für ein Schicksal der Zukunft

Deine Brüder bedroht, wenn sie nicht sorgsam
und klug
Wählen den richtigen Weg und sich zur Torheit verirren,
Taub der Stimme des Rats, blind für die künftige Zeit,
Lohne dir einst das Schicksal mit gleicher, ewiger Liebe
Und geselle dich zu einem dich liebenden Mann,
Der dich leite den Weg des Lebens, so treu, wie
dein Vater
Mich ihn geleitet, und du, bleibe mir ähnlich an Treu
Und an Sanftmut und Liebe; dann, bin ich auch
längst schon hinüber,
Decket die kühlende Gruft leichter den schlummern-
den Staub.

An die Schwester Karoline im Namen der Mutter

Letzte Liebe

Also noch ein freundlicher Blick am Ende der Wallfahrt,
 Ehe die Pforte des Hains leise sich hinter mir schließt.
Dankbar nehm ich das Zeichen der treuen Begleiterin Liebe
 Fröhlichen Mutes an, öffne das Herz ihr mit Lust.
Sie hat mich durch das Leben allein ratgebend geleitet,
 Ihr ist das ganze Verdienst, wenn ich dem Guten gefolgt,
Wenn manch zärtliches Herz dem Frühgeschiedenen nachweint
 Und dem erfahrenen Mann Hoffnungen welken mit mir.
Noch als das Kind, im süßen Gefühl sich entfaltender Kräfte,
 Wahrlich als Sonntagskind trat in den siebenten Lenz,
Rührte mit leiser Hand den jungen Busen die Liebe,
 Weibliche Anmut schmückt jene Vergangenheit reich.
Wie aus dem Schlummer die Mutter den Liebling weckt mit dem Kusse,
 Wie er zuerst sie sieht und sich verständigt an ihr:
Also die Liebe mit mir – durch sie erfuhr ich die Welt erst,
 Fand mich selber und ward, was man als Liebender wird.
Was bisher nur ein Spiel der Jugend war, das verkehrte
 Nun sich in ernstes Geschäft, dennoch verließ sie mich nicht –

Zweifel und Unruh suchten mich oft von ihr zu entfernen,
  Endlich erschien der Tag, der die Erziehung vollzog,
Welcher mein Schicksal mir zur Geliebten gab und auf ewig
  Frei mich gemacht und gewiß eines unendlichen Glücks.

[Die Ballade vom Sänger und dem König]

Der Sänger geht auf rauhen Pfaden,
Zerreißt in Dornen sein Gewand;
Er muß durch Fluß und Sümpfe baden,
Und keins reicht hülfreich ihm die Hand.
Einsam und pfadlos fließt in Klagen
Jetzt über sein ermattet Herz;
Er kann die Laute kaum noch tragen,
Ihn übermannt ein tiefer Schmerz.

Ein traurig Los ward mir beschieden,
Ich irre ganz verlassen hier,
Ich brachte Allen Lust und Frieden,
Doch keiner teilte sie mit mir.
Es wird ein jeder seiner Habe
Und seines Lebens froh durch mich;
Doch weisen sie mit karger Gabe
Des Herzens Forderung von sich.

Man läßt mich ruhig Abschied nehmen,
Wie man den Frühling wandern sieht;
Es wird sich keiner um ihn grämen,
Wenn er betrübt von dannen zieht.
Verlangend sehn sie nach den Früchten,
Und wissen nicht, daß er sie sät;
Ich kann den Himmel für sie dichten,
Doch meiner denkt nicht Ein Gebet.

Ich fühle dankbar Zaubermächte
An diese Lippen festgebannt.
O! knüpfte nur an meine Rechte
Sich auch der Liebe Zauberband.
Es kümmert keine sich des Armen,
Der dürftig aus der Ferne kam;
Welch Herz wird Sein sich noch erbarmen
Und lösen seinen tiefen Gram?

Er sinkt im hohen Grase nieder,
Und schläft mit nassen Wangen ein;
Da schwebt der hohe Geist der Lieder
In die beklemmte Brust hinein:
Vergiß anjetzt, was du gelitten,
In Kurzem schwindet deine Last,
Was du umsonst gesucht in Hütten,
Das wirst du finden im Palast.

Du nahst dem höchsten Erdenlohne,
Bald endigt der verschlungne Lauf;
Der Myrtenkranz wird eine Krone,
Dir setzt die treuste Hand sie auf.
Ein Herz voll Einklang ist berufen
Zur Glorie um einen Thron;
Der Dichter steigt auf rauhen Stufen
Hinan, und wird des Königs Sohn.

Der Sänger fährt aus schönen Träumen
Mit froher Ungeduld empor;

Er wandelt unter hohen Bäumen
Zu des Palastes eh'rnem Tor.
Die Mauern sind wie Stahl geschliffen,
Doch sie erklimmt sein Lied geschwind,
Es steigt von Lieb und Weh ergriffen
Zu ihm hinab des Königs Kind.

Die Liebe drückt sie fest zusammen,
Der Klang der Panzer treibt sie fort;
Sie lodern auf in süßen Flammen,
Im nächtlich stillen Zufluchtsort.
Sie halten furchtsam sich verborgen,
Weil sie der Zorn des Königs schreckt;
Und werden nun von jedem Morgen
Zu Schmerz und Lust zugleich erweckt.

Der Sänger spricht mit sanften Klängen
Der neuen Mutter Hoffnung ein;
Da tritt, gelockt von den Gesängen,
Der König in die Kluft hinein.
Die Tochter reicht in goldnen Locken
Den Enkel von der Brust ihm hin;
Sie sinken reuig und erschrocken,
Und mild zergeht sein strenger Sinn.

Der Liebe weicht und dem Gesange
Auch auf dem Thron ein Vaterherz,
Und wandelt bald in süßem Drange
Zu ewger Lust den tiefen Schmerz.
Die Liebe gibt, was sie entrissen,

Mit reichem Wucher bald zurück,
Und unter den Versöhnungsküssen
Entfaltet sich ein himmlisch Glück.

Geist des Gesangs, komm du hernieder,
Und steh auch jetzt der Liebe bei;
Bring die verlorne Tochter wieder,
Daß ihr der König Vater sei! –
Daß er mit Freuden sie umschließet,
Und seines Enkels sich erbarmt,
Und wenn das Herz ihm überfließet,
Den Sänger auch als Sohn umarmt.

Aus: Heinrich von Ofterdingen

[Lied der Zulima]

Bricht das matte Herz noch immer
Unter fremdem Himmel nicht?
Kommt der Hoffnung bleicher Schimmer
Immer mir noch zu Gesicht?
Kann ich wohl noch Rückkehr wähnen?
Stromweis stürzen meine Tränen,
Bis mein Herz in Kummer bricht.

Könnt ich dir die Myrten zeigen
Und der Zeder dunkles Haar!
Führen dich zum frohen Reigen
Der geschwisterlichen Schar!
Sähst du im gestickten Kleide,
Stolz im köstlichen Geschmeide
Deine Freundin, wie sie war.

Edle Jünglinge verneigen
Sich mit heißem Blick vor ihr;
Zärtliche Gesänge steigen
Mit dem Abendstern zu mir.
Dem Geliebten darf man trauen;
Ewge Lieb und Treu den Frauen,
Ist der Männer Losung hier.

Hier, wo um kristallne Quellen
Liebend sich der Himmel legt,
Und mit heißen Balsamwellen

Um den Hain zusammenschlägt,
Der in seinen Lustgebieten
Unter Früchten, unter Blüten
Tausend bunte Sänger hegt.

Fern sind jene Jugendträume!
Abwärts liegt das Vaterland!
Längst gefällt sind jene Bäume,
Und das alte Schloß verbrannt.
Fürchterlich, wie Meereswogen
Kam ein rauhes Heer gezogen,
Und das Paradies verschwand.

Fürchterliche Gluten flossen
In die blaue Luft empor,
Und es drang auf stolzen Rossen
Eine wilde Schar ins Tor.
Säbel klirrten, unsre Brüder,
Unser Vater kam nicht wieder,
Und man riß uns wild hervor.

Meine Augen wurden trübe;
Fernes, mütterliches Land,
Ach, sie bleiben dir voll Liebe
Und voll Sehnsucht zugewandt!
Wäre nicht dies Kind vorhanden,
Längst hätt' ich des Lebens Banden
Aufgelöst mit kühner Hand.

Aus: Heinrich von Ofterdingen

Sind wir nicht geplagte Wesen?

Sind wir nicht geplagte Wesen?
Ist nicht unser Los betrübt?
Nur zu Zwang und Not erlesen
In Verstellung nur geübt,
Dürfen selbst nicht unsre Klagen
Sich aus unserm Busen wagen.

Allem was die Eltern sprechen,
Widerspricht das volle Herz.
Die verbotne Frucht zu brechen
Fühlen wir der Sehnsucht Schmerz;
Möchten gern die süßen Knaben
Fest an unserm Herzen haben.

Wäre dies zu denken Sünde?
Zollfrei sind Gedanken doch.
Was bleibt einem armen Kinde
Außer süßen Träumen noch?
Will man sie auch gern verbannen,
Nimmer ziehen sie von dannen.

Wenn wir auch des Abends beten,
Schreckt uns doch die Einsamkeit,
Und zu unsern Küssen treten
Sehnsucht und Gefälligkeit.
Könnten wir wohl widerstreben
Alles, alles hinzugeben?

Unsre Reize zu verhüllen,
Schreibt die strenge Mutter vor.
Ach! was hilft der gute Willen,
Quellen sie nicht selbst empor?
Bei der Sehnsucht innrem Beben
Muß das beste Band sich geben.

Jede Neigung zu verschließen,
Hart und kalt zu sein, wie Stein,
Schöne Augen nicht zu grüßen,
Fleißig und allein zu sein,
Keiner Bitte nachzugeben:
Heißt das wohl ein Jugendleben?

Groß sind eines Mädchens Plagen,
Ihre Brust ist krank und wund,
Und zum Lohn für stille Klagen
Küßt sie noch ein welker Mund.
Wird denn nie das Blatt sich wenden
Und das Reich der Alten enden?

Aus: Heinrich von Ofterdingen

Die Liebe ging auf dunkler Bahn

Die Liebe ging auf dunkler Bahn
Vom Monde nur erblickt,
Das Schattenreich war aufgetan
Und seltsam aufgeschmückt.

Ein blauer Dunst umschwebte sie
Mit einem goldnen Rand,
Und eilig zog die Phantasie
Sie über Strom und Land.

Es hob sich ihre volle Brust
In wunderbarem Mut;
Ein Vorgefühl der künftgen Lust
Besprach die wilde Glut.

Die Sehnsucht klagt' und wußt' es nicht,
Daß Liebe näher kam,
Und tiefer grub in ihr Gesicht
Sich hoffnungsloser Gram.

Die kleine Schlange blieb getreu:
Sie wies nach Norden hin,
Und beide folgten sorgenfrei
Der schönen Führerin.

Die Liebe ging durch Wüstenein
Und durch der Wolken Land,
Trat in den Hof des Mondes ein
Die Tochter an der Hand.

Er saß auf seinem Silberthron,
Allein mit seinem Harm;
Da hört' er seines Kindes Ton,
Und sank in ihren Arm.

Aus: Heinrich von Ofterdingen

[Lied des Pilgers]

1.

Liebeszähren, Liebesflammen
Fließt zusammen;
Heiligt diese Wunderstätten,
Wo der Himmel mir erschienen,
Schwärmt um diesen Baum wie Bienen
In unzähligen Gebeten.

2.

Er hat froh sie aufgenommen
Als sie kommen,
Sie geschützt vor Ungewittern;
Sie wird einst in ihrem Garten
Ihn begießen und ihn warten,
Wunder tun mit seinen Splittern.

3.

Auch der Felsen ist gesunken
Freudentrunken
Zu der selgen Mutter Füßen.
Ist die Andacht auch in Steinen
Sollte da der Mensch nicht weinen
Und sein Blut für sie vergießen?

4.

Die Bedrängten müssen ziehen
Und hier knieen,
Alle werden hier genesen.
Keiner wird fortan noch klagen
Alle werden fröhlich sagen:
Einst sind wir betrübt gewesen.

5.

Ernste Mauern werden stehen
Auf den Höhen.
In den Tälern wird man rufen
Wenn die schwersten Zeiten kommen,
Keinem sei das Herz beklommen,
Nur hinan zu jenen Stufen.

6.

Gottes Mutter und Geliebte
Der Betrübte
Wandelt nun verklärt von hinnen.
Ewge Güte, ewge Milde,
O! ich weiß du bist Mathilde
Und das Ziel von meinem Sinnen.

7.

Ohne mein verwegnes Fragen
Wirst mir sagen,
Wenn ich zu dir soll gelangen.
Gern will ich in tausend Weisen
Noch der Erde Wunder preisen,
Bis du kommst mich zu umfangen.

8.

Alte Wunder, künftge Zeiten
Seltsamkeiten,
Weichet nie aus meinem Herzen.
Unvergeßlich sei die Stelle,
Wo des Lichtes heilge Quelle
Weggespült den Traum der Schmerzen.

Aus: Heinrich von Ofterdingen

[Distichon]

Ist es nicht klug für die Nacht ein geselliges Lager zu suchen?
Darum ist klüglich gesinnt – der auch Entschlummerte liebt.

Hymne

Wenige wissen
Das Geheimnis der Liebe,
Fühlen Unersättlichkeit
Und ewigen Durst.
Des Abendmahls
Göttliche Bedeutung
Ist den irdischen Sinnen Rätsel;
Aber wer jemals
Von heißen, geliebten Lippen
Atem des Lebens sog,
Wem heilige Glut
In zitternde Wellen das Herz schmolz,
Wem das Auge aufging,
Daß er des Himmels
Unergründliche Tiefe maß,
Wird essen von seinem Leibe
Und trinken von seinem Blute
Ewiglich.

Wer hat des irdischen Leibes
Hohen Sinn erraten?
Wer kann sagen,
Daß er das Blut versteht?
Einst ist alles Leib,
Ein Leib,
In himmlischem Blute
Schwimmt das selige Paar. –

O! daß das Weltmeer
Schon errötete,
Und in duftiges Fleisch
Aufquölle der Fels!
Nie endet das süße Mahl,
Nie sättigt die Liebe sich.
Nicht innig, nicht eigen genug
Kann sie haben den Geliebten.
Von immer zärteren Lippen
Verwandelt wird das Genossene
Inniglicher und näher.

Heißere Wollust
Durchbebt die Seele.
Durstiger und hungriger
Wird das Herz:
Und so währet der Liebe Genuß
Von Ewigkeit zu Ewigkeit.
Hätten die Nüchternen
Einmal gekostet,
Alles verließen sie,
Und setzten sich zu uns
An den Tisch der Sehnsucht,
Der nie leer wird.
Sie erkennten der Liebe
Unendliche Fülle,
Und priesen die Nahrung
Von Leib und Blut.

Hinüber wall ich

Hinüber wall ich,
Und jede Pein
Wird einst ein Stachel
Der Wollust sein.
Noch wenig Zeiten,
So bin ich los,
Und liege trunken
Der Lieb' im Schoß.
Unendliches Leben
Wogt mächtig in mir
Ich schaue von oben
Herunter nach dir.
An jenem Hügel
Verlischt dein Glanz –
Ein Schatten bringet
Den kühlenden Kranz.
O! sauge, Geliebter,
Gewaltig mich an,
Daß ich entschlummern
Und lieben kann.
Ich fühle des Todes
Verjüngende Flut,
Zu Balsam und Äther
Verwandelt mein Blut –
Ich lebe bei Tage
Voll Glauben und Mut

Und sterbe die Nächte
In heiliger Glut.

Aus: Hymnen an die Nacht

Wenn in bangen trüben Stunden

Wenn in bangen trüben Stunden
Unser Herz beinah verzagt,
Wenn von Krankheit überwunden
Angst in unserm Innern nagt;
Wir der Treugeliebten denken,
Wie sie Gram und Kummer drückt,
Wolken unsern Blick beschränken,
Die kein Hoffnungsstrahl durchblickt:

O! dann neigt sich Gott herüber,
Seine Liebe kommt uns nah,
Sehnen wir uns dann hinüber
Steht sein Engel vor uns da,
Bringt den Kelch des frischen Lebens,
Lispelt Mut und Trost uns zu;
Und wir beten nicht vergebens
Auch für die Geliebten Ruh.

Ich weiß nicht, was ich suchen könnte

Ich weiß nicht, was ich suchen könnte,
Wär jenes liebe Wesen mein,
Wenn er mich seine Freude nennte,
Und bei mir wär, als wär ich sein.

So Viele gehn umher und suchen
Mit wild verzerrtem Angesicht,
Sie heißen immer sich die Klugen,
Und kennen diesen Schatz doch nicht.

Der Eine denkt, er hat's ergriffen,
Und was er hat, ist nichts als Gold;
Der will die ganze Welt umschiffen,
Nichts als ein Name wird sein Sold.

Der läuft nach einem Siegerkranze
Und Der nach einem Lorbeerzweig,
Und so wird von verschiednem Glanze
Getäuscht ein jeder, keiner reich.

Hat er sich euch nicht kund gegeben?
Vergaßt ihr, wer für euch erblich?
Wer uns zu Lieb aus diesem Leben
In bittrer Qual verachtet wich?

Habt ihr von ihm denn nichts gelesen,
Kein armes Wort von ihm gehört?
Wie himmlisch gut er uns gewesen,
Und welches Gut er uns beschert?

Wie er vom Himmel hergekommen,
Der schönsten Mutter hohes Kind?
Welch Wort die Welt von ihm vernommen,
Wieviel durch ihn genesen sind?

Wie er von Liebe nur beweget
Sich ganz uns hingegeben hat,
Und in die Erde sich geleget
Zum Grundstein einer Gottesstadt?

Kann diese Botschaft euch nicht rühren,
Ist so ein Mensch euch nicht genug,
Und öffnet ihr nicht eure Türen
Dem, der den Abgrund zu euch schlug?

Laßt ihr nicht alles willig fahren,
Tut gern auf jeden Wunsch Verzicht,
Wollt euer Herz nur ihm bewahren,
Wenn er euch seine Huld verspricht?

Nimm du mich hin, du Held der Liebe!
Du bist mein Leben, meine Welt,
Wenn nichts vom Irdischen mir bliebe,
So weiß ich, wer mich schadlos hält.

Du gibst mir meine Lieben wieder,
Du bleibst in Ewigkeit mir treu,
Anbetend sinkt der Himmel nieder,
Und dennoch wohnest du mir bei.

Ich sehe dich in tausend Bildern

Ich sehe dich in tausend Bildern,
Maria, lieblich ausgedrückt,
Doch keins von allen kann dich schildern,
Wie meine Seele dich erblickt.

Ich weiß nur, daß der Welt Getümmel
Seitdem mir wie ein Traum verweht,
Und ein unnennbar süßer Himmel
Mir ewig im Gemüte steht.

Es färbte sich die Wiese grün

Es färbte sich die Wiese grün
Und um die Hecken sah ich blühn,
Tagtäglich sah ich neue Kräuter,
Mild war die Luft, der Himmel heiter.
Ich wußte nicht, wie mir geschah,
Und wie das wurde, was ich sah.

Und immer dunkler ward der Wald
Auch bunter Sänger Aufenthalt,
Es drang mir bald auf allen Wegen
Ihr Klang in süßem Duft entgegen.
Ich wußte nicht, wie mir geschah,
Und wie das wurde, was ich sah.

Es quoll und trieb nun überall
Mit Leben, Farben, Duft und Schall,
Sie schienen gern sich zu vereinen,
Daß alles möchte lieblich scheinen.
Ich wußte nicht, wie mir geschah,
Und wie das wurde, was ich sah.

So dacht ich: ist ein Geist erwacht,
Der alles so lebendig macht
Und der mit tausend schönen Waren
Und Blüten sich will offenbaren?
Ich wußte nicht, wie mir geschah,
Und wie das wurde, was ich sah.

Vielleicht beginnt ein neues Reich –
Der lockre Staub wird zum Gesträuch,
Der Baum nimmt tierische Gebärden,
Das Tier soll gar zum Menschen werden.
Ich wußte nicht, wie mir geschah,
Und wie das wurde, was ich sah.

Wie ich so stand und bei mir sann,
Ein mächtger Trieb in mir begann.
Ein freundlich Mädchen kam gegangen
Und nahm mir jeden Sinn gefangen.
Ich wußte nicht, wie mir geschah,
Und wie das wurde, was ich sah.

Sie ging vorbei, ich grüßte sie,
Sie dankte, das vergess' ich nie –
Ich mußte ihre Hand erfassen
Und sie schien gern sie mir zu lassen.
Ich wußte nicht, wie mir geschah,
Und wie das wurde, was ich sah.

Uns barg der Wald vor Sonnenschein
Das ist der Frühling, fiel mir ein.
Kurzum, ich sah, daß jetzt auf Erden
Die Menschen sollten Götter werden.
Nun wußt ich wohl, wie mir geschah,
Und wie das wurde, was ich sah.

An Dora

Zum Dank für das Bild meiner Julie

Soll dieser Blick voll Huld und Güte
Ein schnell verglommner Funken sein?
Webt keiner diese Mädchenblüte
In einen ewgen Schleier ein?
Bleibt dies Gesicht der Treu und Milde
Zum Trost der Nachwelt nicht zurück?
Verklärt dies himmlische Gebilde
Nur Einen Ort und Augenblick?

Die Wehmut fließt in tiefen Tönen
Ins frohe Lied der Zärtlichkeit.
Niemals wird sich ein Herz gewöhnen
An die Mysterien der Zeit.
O! diese Knospe süßer Stunden,
Dies edle Bild im Heilgenschein,
Dies soll auf immer bald verschwunden,
Bald ausgelöscht auf ewig sein?

Der Dichter klagt und die Geliebte
Naht der Zypresse, wo er liegt.
Kaum birgt die Tränen der Betrübte,
Wie sie sich innig an ihn schmiegt.
Er heftet unverwandte Blicke
Auf diese liebliche Gestalt,

Daß er in sein Gemüt sie drücke,
Eh sie zur Nacht hinüberwallt.

Wie, spricht die Holde, du in Tränen?
Sag welche Sorge flog dich an?
Du bist so gut, ich darf nicht wähnen,
Daß meine Hand dir wehgetan.
Sei heiter, denn es kommt soeben
Ein Mädchen, wie die gute Zeit.
Sie wird ein seltsam Blatt dir geben,
Ein Blatt, was dich vielleicht erfreut.

Wie, ruft der Dichter, halb erschrocken,
Wie wohl mir jetzt zumute ward.
Den Puls des Trübsinns fühl ich stocken,
Und eine schöne Gegenwart.
Die Muse tritt ihm schon entgegen,
Als hätte sie ein Gott gesandt,
Und reicht, wie alte Freunde pflegen,
Das Blatt ihm und die Lilienhand.

Du kannst nun deine Klagen sparen,
Dein innrer Wunsch ist dir gewährt,
Die Kunst vermag das zu bewahren,
Was einmal die Natur verklärt;
Nimm hier die festgehaltne Blüte,
Sieh ewig die Geliebte jung,
Einst Erd und Himmel, Frucht und Blüte,
In reizender Vereinigung.

Wirst du gerührt vor diesen Zügen
Im späten Herbst noch stille stehn,
So wirst du leicht die Zeit besiegen
Und einst das ewge Urbild sehn.
Die Kunst in ihrem Zauberspiegel
Hat treu den Schatten aufgefaßt,
Nur ist der Schimmer seiner Flügel
Und auch der Strahlenkranz verblaßt.

Kann jetzt der Liebende wohl danken?
Er sieht die Braut, er sieht das Blatt.
Voll überschwenglicher Gedanken
Sieht er sich ewig hier nicht satt.
Sie schlüpft hinweg und hört von weiten
Noch freundlich seinen Nachgesang,
Doch bleibt ihr wohl zu allen Zeiten
Der Freundin Glück der liebste Dank.

An Julien

Daß ich mit namenloser Freude
Gefährte deines Lebens bin
Und mich mit tiefgerührtem Sinn
Am Wunder deiner Bildung weide –
Daß wir aufs innigste vermählt
Und ich der Deine, du die Meine,
Daß ich von allen nur die Eine
Und diese Eine mich gewählt,
Dies danken wir dem süßen Wesen,
Das sich uns liebevoll erlesen.

O! laß uns treulich ihn verehren,
So bleiben wir uns einverleibt.
Wenn ewig seine Lieb uns treibt,
So wird nichts unser Bündniß stören.
An seiner Seite können wir
Getrost des Lebens Lasten tragen
Und selig zu einander sagen:
Sein Himmelreich beginnt schon hier,
Wir werden, wenn wir hier verschwinden,
In seinem Arm uns wiederfinden.

Nachwort

»Letzte Liebe« lautet die Überschrift einer Elegie, in der Novalis über die Allgegenwart der Liebe im gesamten Universum spricht und von der Dankbarkeit, ihrer teilhaftig geworden zu sein: »Durch sie erfuhr ich die Welt erst, fand mich selber und ward, was man als Liebender wird.« Was aber ist er geworden als Liebender, dieser Georg Friedrich Philipp von Hardenberg mit dem klangvollen Dichternamen? War er wirklich ein Poet der Liebe oder nicht doch vielmehr einer des Todes, des gläubigen und liebenden Hinübersehnens aus den Beschränkungen der Zeit in die Unendlichkeit, die jenseits aller Erkenntnis liegt? So jedenfalls ist er auf lange Zeit verstanden worden, und er war nicht unschuldig an diesem Ruf. Nur muß wohl ein Dichter, der *Hymnen an die Nacht* zu einem magisch schönen, die Grenzen aller Zeitlichkeit sprengenden Liebesbekenntnis zu gestalten vermag und es in Versen über die »Sehnsucht nach dem Tode« ausklingen läßt, mit solcher Deutung rechnen, auch wenn sie die Weite seiner Gedanken einschränkt. Indes ist das Wort »Liebe« ohnehin nur einer jener unzulänglichen Hilfsbegriffe, mit denen sich Sprache in der Komplexität der menschlichen Gefühle zu orientieren versucht. Solcher Schwierigkeiten war sich Novalis durchaus bewußt, denn er war ein klar denkender philosophischer Kopf. Nicht im Benennen von Dingen liege der Wert der Wörter, meint er in seinem *Monolog*: »Wenn man den Leuten nur begreiflich machen könnte, daß es mit der Sprache wie mit den mathematischen Formeln sei – sie machen eine Welt für sich aus – sie spielen nur mit sich selbst.« Aus solchem »Verhältnisspiel der Dinge« aber entsteht für ihn Poesie, und der Schriftsteller ist ihm am Ende »wohl nur ein Sprachbegeisterter«.

Dergleichen scheint nun allerdings alle Aussagen seiner eigenen Lyrik zu relativieren. Es ist aber viel tiefe Ernsthaftigkeit darin neben ebensoviel Lust am leichten Spiel. Ja, bedauerlich ist geradezu, daß das Tragische in der Biographie seines kurzen Lebens die Aufmerksamkeit fast ausschließlich auf dieses Ernste gelenkt hat. Tatsächlich setzte 1795 seine Verlobung mit der dreizehnjährigen Sophie von Kühn und deren Tod zwei Jahre später religiöse Energien in ihm frei, die zwar von seiner pietistischen Erziehung her in ihm angelegt waren, aber nun erst mit Erfahrung gesättigt wurden und allmählich in dichterische Sprache eingingen. Nur erweckte nicht die Todeserfahrung erst den Poeten in ihm, denn der existierte bereits Jahre früher in großer Vielfalt und Üppigkeit. Der Weg zu sich selbst als »Liebender« begann für Novalis mit Hunderten von Gedichten des Gymnasiasten und jungen Studenten, bloß daß diese Anfänge im Schatten der großen, von religiöser Leidenschaft getragenen späteren Lyrik stehengeblieben sind. Dennoch ist das Spätere nicht ohne das Frühere denkbar.

Friedrich Schlegel, der damals gerade Freund des Leipziger Mitstudenten Hardenberg geworden war, hat 1792 einmal in einem Brief das Unreife und Halbvollendete von dessen Jugenddichtungen charakterisiert, aber zugleich doch »den guten, vielleicht den großen lyrischen Dichter« in ihm gewittert, insbesondere seine »originelle und schöne Empfindungsweise und Empfänglichkeit für alle Töne der Empfindungen«. Tatsächlich hat Novalis als ein Lyriker voller Esprit begonnen, formenreich, spielerisch, ja leichtsinnig und mit oft frivoler erotischer Metaphorik. Eine breite Palette literarischer Traditionen und Vorbilder von der Aufklärung zu Rokoko und Anakreontik, von den Versen Klopstocks und Höltys bis zu denen Schillers hat dieser Jugendlyrik Farben geliehen. Die Modelle scheinen deutlich durch, so Haller, Wieland, Gleim, die Brüder Stollberg, Gotter und Bürger. Aber auch die antike Literatur ist dem klassisch gebildeten jungen Dichter stets präsent, Horaz, Theokrit, Pindar und besonders Vergil. Ihn und Homer ruft er an, als er selbst dazu ansetzt, ein Epos über Orpheus, den Sänger der Liebe und des Todes, zu verfassen. Und damit ist er dann doch schon, noch Jahre von eigenen unmittelbaren Erfahrungen in dieser Sphäre entfernt, bei einem Lebensthema: bei der unergründlichen Verflechtung der Liebe und des Todes als Erscheinungen des Absoluten, wohin einzig die Poesie zu dringen vermag. Das Klagelied des Orpheus, Verse eines Siebzehn- oder Achtzehnjährigen, steht zu Recht am Beginn dieser kleinen Auswahl von Liebesgedichten.

Das Leichtere, Frivolere in dieser Jugendlyrik bezeichnete dann ein Stück des Wegs, der zum reifen Werk zurückzulegen war; wer sich in diesem auskennt, wird viele Spuren von Späterem entdecken. So hat Novalis, antike Vorbilder aufgreifend, in seinen Badeliedern die erotische Qualität des Wassers schon früh erkundet. Später wurde das Wasser für den naturwissenschaftlich Gebildeten symbolisch zum Element der Mischung, also der Vereinigung, ja der Liebe, und in den *Hymnen an die Nacht* entstehen aus Fließen und Zerfließen, Meer und Ozean religiöse Visionen. Wie stark Novalis' Bildersprache mit seinem Eros verbunden ist, verrät also bereits das jugendliche Spiel. Keck und anzüglich, ja regelrecht gewagt erscheinen manche dieser frühen Gedichte. Die sinnlichen Eskapaden von Laurens Eichhörnchen zum Beispiel sind nicht nur gutes Rokoko, sie bereichern auch in der Sphäre deutscher Bürgerlichkeit die Metamorphosen des griechischen Obergottes um eine weitere, neckische Variation. Unfreiwillig mag in diesen Versen manchmal das Anzügliche sein, so wenn etwa »der beglückten Liebe Töne« als »seufzendes Gestöhne« reimend identifiziert werden. Aber dennoch bestätigt sich Friedrich Schlegels Wort von der Empfänglichkeit für einen großen Reichtum der Empfindungen immer wieder bis in feine Nuancen hinein, die im übrigen diese Verse auch als Dokumente für die Suche nach neuen Wertmaßstäben bürgerlicher Männlichkeit interessant machen.

Um so gewichtiger und ernsthafter hebt sich dann gegen die Jugenddichtungen die Liebeslyrik von Novalis' letzten Lebensjahren ab, in der sich Todeserfahrung mit philosophischer Erkenntnis und religiöser Offenbarung in poetischer Einzigartigkeit verbindet. Aber eben erst das Ganze macht den wahren Novalis aus, läßt im späten Werk die Leichtigkeit des Anfangs erkennen und in den Versen der Frühzeit bereits den Eros des reifen Dichters aufscheinen. Nicht um sogenannte »Erlebnislyrik« handelt es sich in den frühen Gedichten; sie sind nicht Ausdruck unmittelbaren subjektiven Empfindens, sondern Dichtung als

Gesellschaftsspiel, die bewußt ein Gegenüber, einen Empfänger mit einbezieht, der Metaphorik und Formen als Spielmarken kennt, ja sie erwartet, und der natürlich auch weiß, daß die mehrfach herbeigerufene Cythere die Venus von Kythera ist und somit die Schutzgöttin der Liebenden.

Novalis hat aus solchen Anfängen eine ganz ihm eigene Form von Liebeslyrik als Geselligkeitsdichtung entwickelt. Das geschah mit dem Eintritt in den Kreis um die Braut, der ihm als *Anfang* eines neuen Daseins erscheint. Der kleine, manchen Derbheiten durchaus zugeneigte Thüringer Landadel und die bürgerliche Kleinstadtintelligenz dieser Gegend begegneten einander bei Besuchen und Feiern und inspirierten zum Gespräch wie zum Dichten in geselliger Runde. Dieser Kreis in der Umgebung von Novalis' Wohnort Weißenfels wie von seinem Geburtsort Oberwiederstedt im Südharz ist mitzudenken, wenn beim Rundgesang *Zu Sophiens Geburtstag* – dem dreizehnten am 17. März 1795 – die einzelnen Personen angesprochen werden oder *Am Sonnabend Abend* auf Aktuelles und Bekanntes Bezug genommen wird: auf Berliner Aufklärer wie Friedrich Nicolai als entschiedenem Gegner der damals verbotenen Jesuiten etwa oder auf die Französische Revolution, und sei es auch nur mit einer witzigen Bemerkung.

Geselligkeitsdichtung wiederholt sich in der Lyrik Friedrich von Hardenbergs dann noch einmal drei Jahre nach dem Tod Sophie von Kühns durch die Begegnung mit Julie von Charpentier in Freiberg, die seine zweite Braut wurde. Die letzten drei Gedichte dieser Auswahl gehören in diese Zeit, so wenig sie sich in biographischem Bezug schon erschöpfen. Insbesondere die aus dem Sommer 1800 stammenden Verse an die Dresdner Malerin Dorothea Stock, die ein Bild Julies für ihn gezeichnet hatte, werfen ein fundamentaleres Problem auf: Dank und Liebesbekenntnis gehen über in die Frage nach der Dauer in der Vergänglichkeit und nach der Überwindung der Zeit im Kunstwerk.

Geselligkeit auf andere Art evozieren auch die Gedichteinlagen in Novalis' einzigem Roman, dem *Heinrich von Ofterdingen*, denn dort schafft er sich im epischen Kontext einen Adressaten- und Zuhörerkreis. Rollenlyrik wird vorgetragen, sei es nun in Balladenform von einem Sänger, der – ein alter Poetentraum – durch die Liebe zur Prinzessin thronfähig wird, sei es als Klagelied der Zulima, einer von den Kreuzfahrern entführten Orientalin, oder sei es als scherzhafter Gesang der »geplagten« Mädchen, wie sie dem jungen Ofterdingen in seiner Mutterstadt Augsburg begegnen. In der Märchensphäre und mit allegorischen Figuren spielt dann das Lied von der Liebe »auf dunkler Bahn«: Eros (»die Liebe«) soll zu Freya (»dem Frieden«) geführt werden, dorthin geleitet durch Fabel (»die Poesie«) mit Hilfe der Magnetnadel – der Magnetismus war damals gerade erst entdeckt worden, und Novalis war Techniker und Naturwissenschaftler von Beruf. Nur bedurfte es dazu erst noch einer Inspiration: Im Traumreich des Mondes wird der junge Eros Ginnistan (»die Phantasie«) begatten.

Das Märchen als Ganzes enthüllt im Roman, was das Lied diskret verschweigt: Die »Phantasie« hat den jungen Mann in der Gestalt seiner Mutter begleitet. Es gibt zu Novalis' Zeiten keinen anderen deutschen Dichter, der derart frei, unkonventionell, ja Tabus brechend Sexualität gestaltet hätte. Mit guten Gründen kann man ihn einen Artisten der Erotik nennen, der manchen raffinierten Artisten des Fin de siècle hundert Jahre später kaum nachsteht und deshalb auch von diesen mit Interesse und Neugier wiederentdeckt wurde. Von seinen frühen Gedichten an spielt Novalis auf vielen Registern der Erotik, und sein gesamtes Werk hallt davon wider – ein Pansexualismus von beträchtlichen Ausmaßen, wenn man erst einmal zu beobachten begonnen hat. Jugendliche Liebeslust, die Unio mystica zartester seelischer Bindung, religiöser Liebesrausch und orgiastische Auflösung, Todestrieb als Todeswollust, Selbsttötung als Liebestod, Nekrophilie gar, aber auch Pädophilie, Ehebruch, Inzest, Vergewaltigung, Masturbation finden sich in seinen Schriften, und selbst so wilde Phantasien, wie sie zu gleicher Zeit der Marquis de Sade in Literatur umsetzte, waren ihm nicht fremd. Aber das alles existiert nicht um der Sensation willen, sondern der größeren, feineren, subtileren Sensibilität wegen. Vieles aus dieser breiten Skala des Denkbaren hat denn auch in seiner Liebeslyrik poetische Gestalt angenommen. Von solcher Perspektive her betrachtet erweist sie deutlich inneren Zusammenhang, von den Versuchen des Studenten angefangen bis zu den letzten Versen des Neunundzwanzigjährigen am Rande des Todes.

Lyrik für eine Gemeinschaft stellen auch die von religiösem Eros durchdrungenen *Geistlichen Lieder* dar, die tatsächlich für den Kirchengesang bestimmt sein sollten. Aber auch sie enthüllen ihr inneres Wesen als Liebeslyrik.

Wenn es darum ging, die Verse als gottesdiensttauglich zu erklären, haben die Herausgeber der Gesangbücher dann manche Kürzungen vorgenommen, weil ihnen Gedanken und Bilder zu kühn oder schwierig vorkamen, die zarte Anbetung der Gottesmutter Maria durch den in lutherischem Stammland geborenen Protestanten Friedrich von Hardenberg eingeschlossen.

Das Experimentieren mit der beschwörenden Kraft von Dichtung war Novalis von seinen Anfängen an eigen. Gesteigert hat es sich zu Versen wie jener sinnlich durchtränkten *Hymne* aus dem Jahre 1798, der die christliche Abendmahlsvorstellung des »Johannes«-Evangeliums (»Wer mein Fleisch isset, und trinket mein Blut, der bleibt in mir, und Ich in ihm« – 6,56) zugrunde liegt, und schließlich zu seinem gewichtigsten und originellsten lyrischen Werk, den *Hymnen an die Nacht*, in denen aus eigener Krankheits- und Endlichkeitserfahrung Tod und Liebe eine neue Verbindung eingehen. Das so leicht dahinschwebende Bekenntnislied »Hinüber wall ich« aus der vierten dieser *Hymnen* erweist vielleicht am deutlichsten das Verschmelzen von scheinbar spielerisch leichter Kunst und höchster gedanklicher wie emotioneller Konzentration.

Die Liebe sei der Zweck der Weltgeschichte, hat sich Novalis einmal in seinem *Allgemeinen Brouillon* notiert und dann, um es noch definitiver zu machen, »Zweck« zu »Endzweck« korrigiert. Das »Unum des Universums« sei sie, hatte er hinzugefügt, das Eine also, was die Unendlichkeit des Weltalls zusammenhält, ihm Sinn gibt. Immer wieder umkreist sein Werk die zentrale Macht der Liebe, bilderreich und anschaulich, denn nie verliert sich bei Novalis die Vorstellung von Liebe ins Abstrakte. So ist er, der 1801 im Alter von neunundzwanzig Jahren starb, einer der großen Liebesdichter deutscher Sprache geworden.

Gerhard Schulz

Alphabetisches Verzeichnis der Gedichtüberschriften und -anfänge

Inhalt

Zu dieser Ausgabe

insel taschenbuch 2874: Novalis, Liebesgedichte. Die Texte wurden in leichter Modernisierung wiedergegeben nach: Novalis, Schriften. Die Werke Friedrich von Hardenbergs. Historisch-kritische Ausgabe. Begründet von Paul Kluckhohn und Richard Samuel. Herausgegeben von Richard Samuel (†) in Zusammenarbeit mit Hans-Joachim Mähl und Gerhard Schulz. 6 Bände. Verlag W. Kohlhammer, Stuttgart/Berlin/Köln 1960ff. Umschlagabbildung: Jean-Baptiste Greuze, Die Einfalt. Ausschnitt. Öl auf Leinwand, um 1757. Kimbell Art Museum, Fort Worth.